A mis padres y mi hermano por la hermosa infancia que tuve.

A Andrés por llevarme hasta las nubes.

A José, mi gran maestro.

Colección libros para soñar

© del texto y de las ilustraciones: Vanina Starkoff, 2010
© de esta edición: Kalandraka Editora, 2010
Italia, 37 - 36162 Pontevedra
Telf.: 986 860 276
editora@kalandraka.com
www.kalandraka.com

Impreso en C/A Gráfica, Vigo
Primera edición: octubre, 2010
ISBN: 978-84-8464-743-0
DL: PO 474-2010

Vanina Starkoff

BAILAR en las NUBES

kalandraka

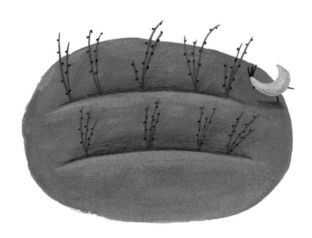

Todas las mañanas salía de mi casa a observar las nubes.
Mi sueño era bailar con ellas algún día.

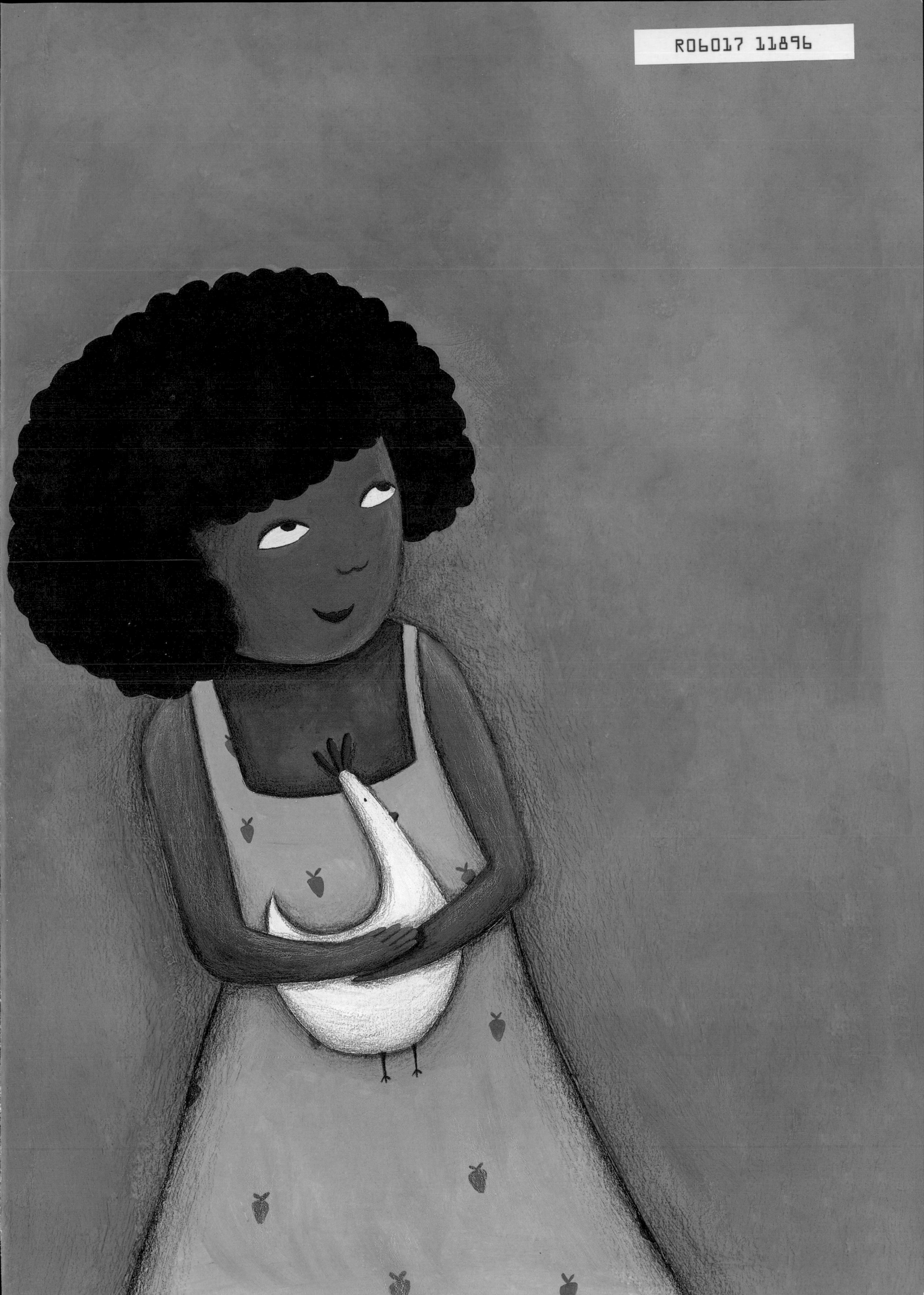

Mi mamá decía que me olvidase de esa idea,
que solo los pájaros lograban tocarlas.

Pero yo insistía.

Soñaba y bailaba, bailaba y soñaba.

Sin darme cuenta, mi pueblo comenzó a crecer.

Una noche, mientras soñaba con las nubes...

...unos ruidos me despertaron.
Era Mateo, un nuevo vecino
que construía su casa bajo la mía.

La idea de tener un vecino sonaba bien.

El bongó de Mateo también sonaba bien.

La noche siguiente,
otros ruidos me despertaron.
Era una mujer que construía
su casa bajo la casa de Mateo,
que estaba bajo mi casa.

Se llamaba Teresa y era cantante de chamamé.

Me empezó a gustar la idea de tener dos vecinos.

La noche siguiente me despertaron otros ruidos.

Era Ulises, un fabricante de cometas.

Construía su casa

debajo de la casa de Teresa,

que estaba bajo la casa de Mateo,

que estaba bajo mi casa.

Y debajo de nuestras casas

se mudaron muchos vecinos más.

Como mi casa
había quedado muy alta,
yo no podía salir.

Por suerte,
Ulises me hizo un regalo
y así pude ir a la compra.

Una mañana, al salir de casa...

...las vi, por primera vez frente a mí.

Se movían de un lado al otro, como invitándome a bailar con ellas.

Me sentí feliz.

Pero allá arriba solo se oía el viento.

No había bongós, ni chamamé, ni vecinos.

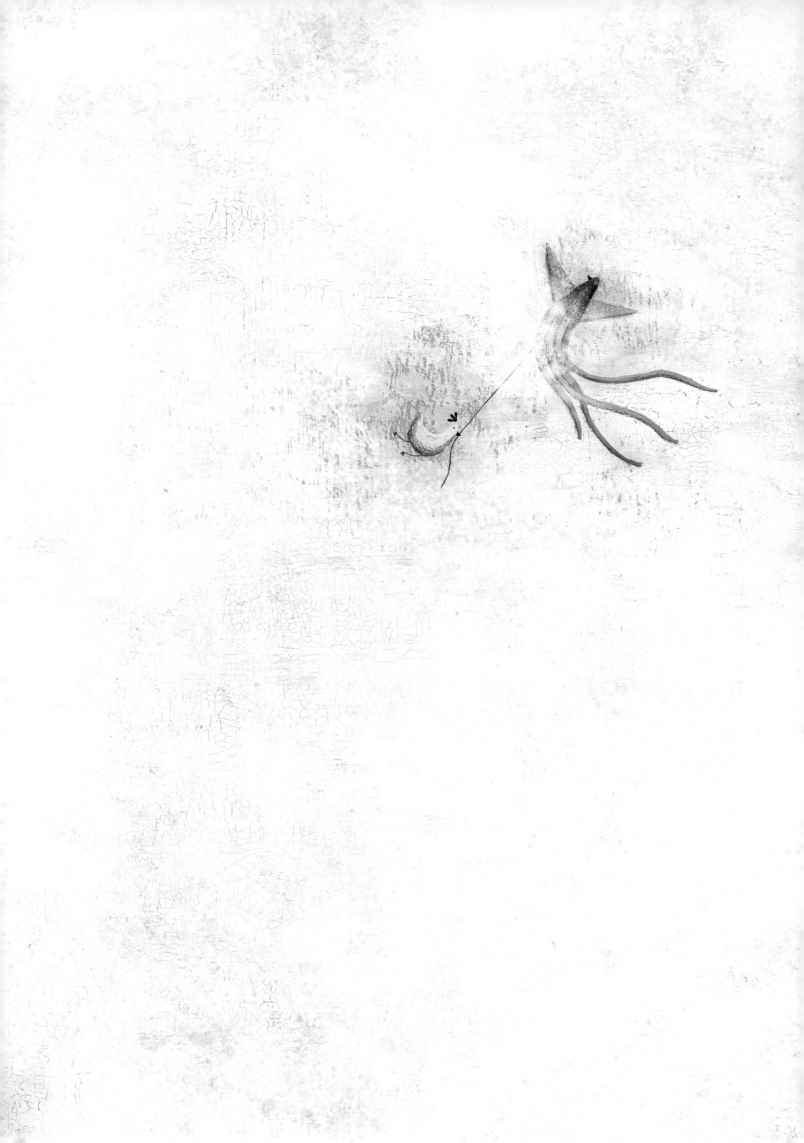

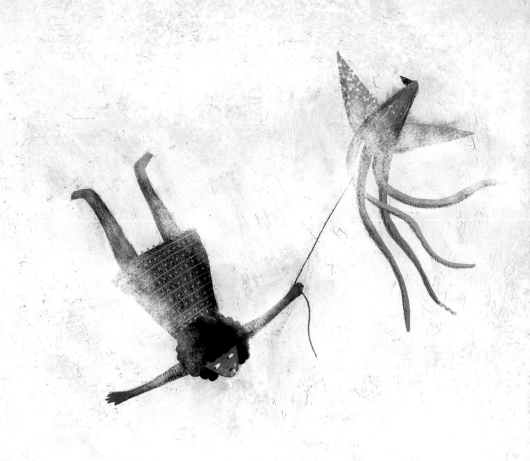

Tanto silencio me puso triste.

Por eso decidí volver.